KB209417

유도와 경도를
잘 부탁드립니다.

위도와 경도

함윤이 소설

위도와 경도

차례

위도와 경도

한밤중이었다. 우주가 잘 보이는 시간대. 우미
는 에어백이 터진 차 안에 앉아 있었다. 깨진 차창
너머, 저 멀리에 선 두 아이를 보는 중이었다. 위도
와 경도였다. 도로변을 따라 선 가로등 불빛이 두
얼굴을 비췄다.

그들은 마주 본 채 말하고 있었다. 우미는 터진
입술을 문질렀다. 피 맛이 났다. 아이들의 입이 무
어라 발음하는지 읽으려 했지만 쉽지 않았다. 입술

의 모양을 흉내 내도 마찬가지였다. 다만 한 가지
는 분명했다. 무엇인가 시작되고 있었다.

*

두 달 전에 그들은 모두 교외 병원의 특실에 앉
아 있었다. 위도와 경도는 병실 한편에 마련해둔
흰색 소파에 나란히 자리를 잡았다. 맞은편에 세
사람이 앉아 있었다. 모두 연구소에서 나온 이들이
었다. 채 소장과 기획팀의 주 팀장 그리고 홍보팀
직원 우미.

채 소장이 물었다. 몸은 좀 어떠니?

위도가 답했다. 괜찮아요.

경도도 답했다. 모든 게 좋아요.

주 팀장이 한층 조심스러운 어조로 물었다. 우
주정거장에서 사고가 난 순간을 기억해? 경도가
대답했다. 그럼요. 위도도 말했다. 아주 분명히 기

억해요. 팀장은 두 아이를 번갈아 본 다음 물었다. 거기서 무슨 일이 있었는지 말해줄 수 있을까? 왜 냐하면…… 팀장이 바닥의 줄무늬를 발로 문지르 다가 말했다.

우리가 알기로, 이제 그 사고에 대해 말할 수 있는 사람은 너희밖에 없거든.

둔탁한 소리가 병실을 울렸다. 우미의 디바이 스가 바닥에 부딪히는 소리였다. 줄무늬를 가로질 러 놓인 스크린 속에 병실 안의 대화가 낱낱이 적혀 있었다. 죄송합니다. 우미가 말하며 디바이스를 주 워 탁자에 올려놓았다. 위도와 경도는 그를 보다가 다시 팀장에게로 눈길을 돌렸다. 그럴게요, 말하며 고개를 끄덕였다. 그 몸짓조차 느리고 삐걱거렸다. 열일곱 아이보다는 노인에 더 가까워 보였다.

소장이 말했다.

그리고 너희가 정거장을 탈출한 다음에 겪은 열흘에 관해서도 말해준다면…….

두 아이가 동시에 손을 들었다. 소장이 말을 멈췄다. 왜 그러냐? 위도와 경도는 이번에도 동시에 손을 내렸다. 그들은 고개 돌려 서로의 눈을 보았다. 납덩이 같은 두 얼굴 위로 하나의 표정이 스쳐지나갔다. 웃음……과 비슷하면서도 울상……에 가까워 보이기도 했다. 위도가 말했다. 열흘이 아니에요. 경도가 말했다. 우린 10년간 머물렀어요. 한 덩어리로 겹친 목소리가 말했다.

　　우리는 10년간 우주에 있었어요.

　　두 아이가 손을 탁자 위에 올려놓았다. 맞잡은 손이었다. 손등 뼈는 툭 불거졌고, 창백한 피부 아래 드러난 파르스름한 핏줄은 먼 하늘에서 내려다본 강줄기 같았다. 두 아이는 매한가지로 한 덩어리가 된 손을 내뻗으며 말했다.

　　그래서 우리는 지금 스물일곱 살이에요. 이 사실을 먼저 알아주셨으면 해요.

　　적막이 그들 사이를 뚫고 지나갔다. 소장이 눈

가를 누르고, 팀장이 누렇게 뜬 얼굴을 비볐다. 우미는 미동 없이 앉아 있었다. 마주한 디바이스 스크린 위로 두 아이의 말이 빼곡하게 적혔다. 우미는 그 안에 오타 혹은 잘못 받아 적힌 내용이 없는지 확인했다. 그것이 오늘 그가 해야 할 일이었다. 목을 풀고자 고개를 들었을 때, 우미는 자신을 바라보는 경도의 눈과 마주쳤다. 눈의 주인이 말했다.

하고 싶은 말이 있어요.

경도가 덥수룩한 머리카락을 쓸어 넘겼다. 푹 꺼진 눈두덩과 뺨이 드러났다. 우주에 나가기 전에 비하면 몹시 야위었지만, 여전히 앳된 얼굴이었다. 열일곱의 얼굴로 경도는 말했다.

우리는 사랑에 빠졌어요. 아주 깊고 짙은 사랑이에요.

스크린 위로 문장들이 나타났다. 사랑이에요, 라는 문장 뒤로 마침표가 찍혔다. 위도의 문장들이 그 뒤를 따랐다. 그러므로 우리에게 중요한 것은 오로지 서로뿐이에요. 그 외의 것은 우리에게서 멀어진 지 오래되었습니다.

*

처음 만났을 때 그들은 열여섯 살이었다.

위도의 신장은 161센티미터, 경도는 173센티미터였다. 또래 평균에 비해 근육량이 많았고 유연성이 뛰어났다. 골밀도나 체지방량 모두 우주에서 생활하기 적합하다고 판정받았다. 장기의 건강 역시 우수했다.

연구소의 모두는 두 아이가 곧 친해질 것이라고 생각했다. 그럼직한 조건이었다. 그들은 연구소와 훈련장 내의 유이한 십대였다. 공통점도 많았다. 그들은 마을 규모의 공동 육아 시설에서 한평생을 보낸 첫 세대였으며, 자라는 내내 주위로부터 영민하다는 말을 들었고, 연구소의 선발 테스트에서 최종까지 남은 십대 아이들 중 누구보다 간절한 모습을 보여주었다.

그러나 첫 만남에서 두 아이는 거의 아무런 말도 주고받지 않았다. 사실 그들의 첫 만남에서 가장 많은 말을 한 사람은 규였다. 규는 선발 테스트에서 두 아이를 심사한 당사자였으며, 장차 훈련장과 우주정거장에서 두 아이를 보호할 역할을 맡고 있었다. 그는 두 아이를 마주 보고 서게 했다. 그리고 위도의 왼쪽 어깨와 경도의 오른쪽 어깨를 짚었다.

얘들아.

네.

너흰 특별한 동료야.

네.

그러니까 친하게 지내라.

알겠습니다.

아이들은 마주 쥔 손을 흔들며 각자의 이름을 말했다. 당시 둘의 이름은 위도도 경도도 아니었다. 아직 우주에서 쓸 이름을 받기 전이었다.

연구소의 모두가 그들을 위도와 경도로 부르기 시작하고 본격적인 훈련이 시작된 후에도, 그들은 별다른 대화를 나누지 않았다. 두 사람의 훈련 과정을 기록하던 우미는 금세 그 사실을 깨달았다. 그는 먼저 위도에게 물었다.

동갑내기인데 왜 친하게 안 지내?

위도는 경도가 운동부에서 쫓겨난 어설픈 양아치처럼 보여서 싫다고 대답했다. 두피가 보이도록 박박 깎은 머리나 진흙을 바른 듯 까맣게 탄 피부 모두 마음에 들지 않는다고. 반면 경도는 위도가 교실 뒤편에서 큰 소리로 욕하던 여자애들 같아서 정이 가지 않는다고 말했다. 식당이나 생활실에서 마주칠 때면 그들은 서로를 짧게 곁눈질했고, 턱짓으로만 인사했다. 우미가 이런 이야기를 전하자 규는 말했다.

십대는 어쩔 수 없어. 저 정도면 양반이지. 우

리도 저 때에는 틈만 나면 싸웠잖아.

아니, 네가 나를 일방적으로 놀린 거지, 난 늘 가만히 있었어.

우미의 말에 규가 눈썹을 찡그리며 웃었다. 그냥 놔둬, 애들 불쌍하잖아. 우미가 빤히 보자 규는 덧붙였다. 저 나이대 애들은 계속 변해. 지내다 보면 서로한테 정 붙일 거야.

규의 말은 수중 훈련이 본격적으로 시작된 날부터 맞아떨어졌다. 그날 위도와 경도는 바짝 긴장해 있었다. 이전에도 다이빙 슈트를 입고 몇 차례 물속에 들어가긴 했지만, 여압복까지 챙겨 입고 수조에 들어간 적은 처음이었다. 반나절 내내 여압복 차림으로 물속을 돌아다닌 둘은 녹초가 되어 수조를 나왔다. 양쪽 모두 땀에 흠뻑 절어 있었다.

위도는 새파랗게 질린 얼굴을 문지르다가, 벽에 기대앉은 경도를 발견했다. 위도가 앞에 서자 경도가 고개를 들었다. 양쪽 눈 모두 빨갛게 물들어 있었다. 위도가 물었다.

물귀신 봤어?

물귀신?

수조 모서리에 어떤 여자가 서 있었는데, 반쯤 투명했어.

물거품을 잘못 본 게 아니고?

아냐. 몸속이 거의 비쳤어. 진짜, 정말이야……. 눈도 마주쳤어.

경도는 눈앞의 얼굴을 유심히 살폈다. 위도는 입술을 꽉 깨물고 있었다. 시선을 내리자 얕게 떨리는 두 손이 보였다. 경도가 제 양손을 만지작거리다가 말했다.

본 것도 같아.

정말로?

경도가 고개를 끄덕였다. 확신은 못 하겠지만, 물속에서 낯선 이의 얼굴이 스쳐 간 것 같다고.

그날 이후로 두 아이는 상대에게 묻고 답하기

시작했다. 가령 무중력 훈련을 시작한 날 경도는 언덕 위에서 직선으로 치솟고 낙하하기를 거듭하는 비행기, 다른 우주인들이 구토 혜성이라고 부르던 기체를 보다가 위도에게 물었다. 자이로드롭 잘 타냐? 훈련을 마친 후 속을 게워내는 경도에게 위도는 물었다. 대체 아침에 뭘 먹은 거야?

무중력실에서 침낭을 설치하는 법을 배우던 날에는 서로가 이전에 쓰던 방에 대해 물었다. 위도는 6인실, 경도는 4인실에서 매번 방장을 맡았다. 그런 문답은 곧 다른 질문들로 이어졌다. 최악의 룸메이트는 누구였고, 최고의 룸메이트는 누구였는지, 이 프로젝트에 선발된 것을 알았을 때 주변에서 무어라 말했는지 등등. 미처 묻지 못한 것이 생각나면 이튿날 서로의 방문 앞에 찾아가 남은 질문을 이어갔다. 프로젝트가 모두 끝나면 지원금을 어떻게 사용할 것인지, 대학을 갈 계획인지 아니면 곧바로 취직할 생각인지, 서울에서 집을 구할

건지 혹은 지방 살이를 시작하고 싶은지…… 묻고 답할 때마다 그들은 몸속에 켜켜이 쌓여온 시간의 꺼풀이 점차 또렷해짐을 느꼈다.

모든 훈련이 끝나고 그들이 탄 발사체가 우주 정거장으로 떠나던 순간, 온몸이 솟구치고 영혼이 안팎으로 흔들리던 그때에도 두 사람은 이제껏 겪은 것과 전연 다른 시간의 층이 뱃속에 쌓이는 것을 느꼈다. 기분이 어때? 궤도에 진입한 후 위도가 물었고, 경도는 한참 뒤에 답했다. 배가 아파.

우주정거장에서도 두 아이는 내내 붙어 다녔다. 살갗을 맞붙이고 다닌 것은 아니어도, 시설에서부터 함께 자란 짝꿍인 양 모든 순간을 함께했다. 묻고 답하기 역시 계속되었다. 어떤 질문은 유난히 힘세고 질겨서 그들의 손목과 발목을 한데 붙들어놓기도 했다.

무중력 상태에서는 공중제비를 몇 바퀴나 돌

수 있을까?

위도는 백 번은 너끈히 돌 수 있다고 답했고, 경도는 어지러움 때문에 곧 그만두게 될 것이라고 장담했다. 그들은 누가 맞는지 알기 위해 마땅한 장소를 찾아다녔다. 평소에 그들이 지내는 연구소 모듈에서 얼마간 거리가 있는 장소를 찾아야 했다. 규에게 들킨다면 한바탕 혼난 후 학습용 튜브로 끌려갈 게 분명했다.

다른 우주인들은 그들이 우주정거장 곳곳에 죽치고 있는 모습을 너그러이 눈감아주었다. 정거장에 머무는 사람 중 위도와 경도를 모르는 이는 없었다. 떠도는 소문 속 두 아이는 남한 측 연구지원금 사냥의 희생양이었으며, 국가가 초국적 기업의 후원을 받기 위해 시작된 엉터리 프로젝트에 휘말린 비련의 고아들이었다. 우주인들은 복도나 공용공간 귀퉁이에서 공중제비를 도는 두 아이를 마주할 때마다 미간을 좁히며 웃어 보였다. 위도와 경도는 몇 차례 그 눈웃음과 마주한 뒤, 가능한 한 인적이 드문 장소에서 공중제비를 연습하기로 했다.

며칠간 정거장 곳곳을 헤맨 끝에 그들은 마침내 적당한 장소를 발견했다. 머무는 사람도 찾는 이도 없는 모듈로, 정거장의 폐가라고 부름직한 곳이었다. 본래는 미국 동부의 연구소에서 사용하던 여러 모듈 중 하나였으나, 이전 담당자가 우주에서 죽은 뒤로 한 해 가까이 비어 있었다. 한쪽 벽에는 마른 국화가 고리로 묶여 한들거렸다. 그들은 국화 앞에서 몇 번이나 공중제비를 돌았다. 회전하지 않을 때면 허공에 서서 죽은 미국인의 이름이 무엇이었을지, 그가 정말로 심장마비로 세상을 떠났을지 아니면 다른 모종의 이유가 있을지 추리하기도 했다. 소문에 따르면 그는 우주에 나오기 직전 이별한 옛 연인을 잊지 못해 목숨을 끊었다고 했다. 두 사람은 우주의 폐가를 떠다니며 우주에서 가장 기발하게 죽을 수 있는 방법을 셈해보았고, 공중제비를 연달아 연마했으며, 어지러움을 호소하다가 구토하는 시늉도 했다.

사이렌이 울린 날에도 그들은 비슷한 하루를 보내고 있었다. 처음에는 평소 주기적으로 하던 비상 훈련이 갑작스레 시작된 것이라고 여겼다. 그러나 사이렌 소리가 점차 커지고 경고등 불빛이 사방에서 번쩍이면서, 위도와 경도는 무언가 잘못되었음을 알아차렸다. 붉은빛으로 가득 찬 복도 저편에서 거대한 폭발음이 울렸다. 굉음은 평소에도 터널 안처럼 시끄럽던 정거장을 완전히 집어삼켰다. 위도와 경도는 벽에 고정된 고리들을 붙들었다. 선체가 흔들리고 있었다. 철컥 하는 쇳소리가 들렸다. 무엇인가 차단되는 소리였다.

위도와 경도는 다시 허공을 구르기 시작했다. 이번에는 공중제비를 위해서가 아니었다. 두 아이는 팔다리를 허우적대면서 출구로 향했다. 연구소 모듈로 돌아가야 했다. 곧 그들은 아까 들린 쇳소리의 정체를 깨달았다. 출입구가 굳게 잠겨 있었다. 문 옆의 단추를 누르고 수동 개방 장치를 힘껏 당겨도 소용없었다. 래치 안쪽에서 무엇인가 비틀린 듯했다.

그들은 규에게 무전을 넣었다. 몇 차례의 잡음이 지나가고 보호자의 목소리가 흘러나왔다. 규는 지구 측 관제 센터 시스템에 원인 모를 문제가 있었다고, 그리하여 센터와 정거장을 잇는 통신망이 어긋난 사이 외부의 물체가 충돌한 것 같다고 말했다. 그 같은 이야기를 하면서도 규는 여전히 차분했다. 하나 그토록 믿음직스러운 보호자도 출입구가 망가진 모듈에서 두 아이를 빼낼 수는 없었다.

위도와 경도가 소리를 질렀다. 공중에서 발버둥을 치고 헛구역질했다. 이번에는 시늉이 아닌 진짜였다. 어쩔 수 없었다. 그들은 열일곱 살이었고, 우주는 그들이 헤아릴 수 없을 만큼 늙어 있었다. 도무지 상대할 법한 나이 차가 아니었다. 규 또한 그 사실을 알고 있었다.

그러니까 지금은 너희가 서로를 챙겨야 해. 알았어?

예, 그렇지만…….

말 끊지 마.

잠시 후 규는 아이들이 갇힌 모듈에 탈출선 하나가 도킹되어 있다는 사실을 알아냈다. 21세기 후반에 만들어진 구형 기체였지만, 자가 귀환 프로그램이 내장된 모델이었다. 위도와 경도가 또다시 소리쳤다.

우리끼리는 못 해요. 우리한테는 무리예요. 어른이 필요해요.

해야 해. 그것 외엔 방법이 없다.

규가 부드러운 목소리로 말했다. 잠긴 문 너머에서 다시 한번 폭발음이 들려왔다. 위도와 경도는 눈에 보이게 출렁이는 모듈 속에서 필요한 것을 긁어모았다. 죽은 미국인이 걸쳤을 여압복, 공구통과

물티슈, 배변용 봉투와 건조 식량…… 등을 부여잡은 채 모듈 안쪽으로 향했다. 미처 닦아내지 못한 눈물과 콧물, 침이 동그란 모양으로 흩날렸다. 규는 계속 무어라 떠들었지만, 두 아이는 제대로 듣지 못했다. 도킹 포트 근처에 다다랐을 즈음, 그의 무전 소리는 반쯤 잡음으로 들렸다.

탈출선으로 이어지는 문은 손쉽게 열렸다. 주어진 길은 이것뿐이라는 듯 몹시 산뜻한 개문이었다. 위도와 경도는 엉거주춤하게 떠오른 채로 서로를 보았다. 그 순간 그들은 마주한 얼굴이 얼마나 앳되고 또 엉성해 보이는지 깨달았다.

위도가 물었다. 어떻게 해?

경도가 물었다. 다른 방법이 있어?

선내는 차츰 모로 뒤집히고 있었다. 그들은 문턱을 넘어갔다. 누가 먼저랄 것 없이 탈출선에 올라탔고, 조종석에 다다라 시스템을 켰다. 이내 탈출선이 우주정거장 밖으로 떨어져 나왔다. 추락하는 정거장을 등 뒤에 둔 채, 두 사람은 한도 끝도 없는 외계 속으로 떨어져 내렸다.

　　그렇게 우리만 남게 된 거예요.

　　두 아이가 말했다. 새하얀 소파에 나란히 앉은 채, 두 손을 꼭 부여잡고. 여전히 느릿한 말투였다. 긴박한 순간을 묘사할 때도 목소리에는 변화가 없었다.

　　병원의 이중창 너머에서 지는 석양빛이 두 얼굴 위로 내려앉았다. 우미는 스크린 위로 점점이 찍히는 글자들을 지켜보았다. 고개를 기울이지도 몸을 틀지도 않고 화면만 뚫어지게 응시했다. 그러나 단 한 순간, 아이들의 이야기가 우주정거장에서 규와 주고받은 무전에 다다랐을 때, 그는 잠시 눈을 들어 두 사람을 보았다. 무언가 말할 듯 숨을 삼키고 입술을 달싹거리다가 다시 침묵했다.

　　스크린에 다시 글자가 찍히기 시작했다. 위도

와 경도가 우주에 대해 말하고 있었다. 규는 더 이상 둘의 이야기에 등장하지 않았다. 남은 것은 두 아이가 머문, 오로지 그들만 아는 우주에 관한 이야기였다. 그것은 동시에 그들이 우주에서 헤맨 열흘, 둘의 말에 따르면 10년에 관한 이야기이기도 했다.

*

두 아이는 자가 귀환 프로그램부터 작동시켰다. 지난 세기에 만들어진 구형 기체였지만, 시스템을 작동하는 방식은 그들이 훈련 때 사용하던 기계들과 별반 다르지 않았다. 코드 키를 입력하자 스크린에 불이 들어왔고, 각국의 언어가 자가 귀환 프로그램이 실행되리라고 알렸다.

그러던 중 모든 것이 멈췄다. 화면이 깨졌고, 음성 안내도 더는 들리지 않았다. 위도와 경도는 스크린 곳곳을 두드렸다. 수동 계기판을 열고 설명서에 맞춰 버튼을 눌렀다. 오토파일럿 모드는 작동 중이었지만, 귀환 프로그램은 계속 먹통이었다. 지구와의 통신 시스템 역시 마찬가지였다. 그들은 캡슐 한가운데 서서 죽은 이들이 만든 기기가 자신들을 어떤 시간 속으로 데려갈지 생각했다. 창밖으로 무수한 별빛들이 스쳐 가고 있었다.

소파에 앉은 위도와 경도가 말했다. 우린 그때부터 시간을 재기 시작했어요.

통신 시스템과 귀환 프로그램을 제외한 우주선의 다른 기능은 얄미울 정도로 말짱하게 작동했다. 환경 제어 및 생명 유지 시스템은 제대로 돌아갔다. 열 제어나 전력 공급 역시 문제없었다. 벽면에 걸어둔 아날로그 시계조차 알맞게 움직였다. 두 아이는 규에게 받은 손목시계와 벽시계를 번갈아 확인하며 24시간을 기록했다.

24시간을 두세 번 가량 기록할 때까지는 희망

이 있었다. 두 아이는 탈출선이 그들이 모르는 경로를 통해 지구로 되돌아가고 있다고, 얼마 뒤에는 소리와 산소 그리고 중력 속에 다다를 수 있으리라 믿었다. 실상 믿는 것 외에는 그들이 할 수 있는 일도 없었다. 규를 비롯한 연구소 사람들은 두 아이만 우주에 외따로 버려지는 상황에 대해선 말해주지 않았다. 그것은 본래 '있을 수 없는 일' 혹은 '없다시피 한 가능성'이었다.

그러나 그들은 그곳에, 벌어질 리 없다던 가능성의 세계에 머물고 있었다. 위도와 경도가 그곳에서 할 수 있는 일이라고는 가장 기본적인 수준의 기계 수리와 검사, 그리고 무작정 희망을 품고 기다리는 것 정도였다. 그도 아니면…… 서로를 만지거나.

최초의 신체 접촉이 언제였는지는 두 아이 모두 정확히 기억하지 못했다. 다만 그 순간에 이르

기까지 거친 맥락과 상황은 간직하고 있었다.

가령 24시간의 기록이 약 보름치 적혔을 무렵에는 두 사람 모두 돌아갈 수 없는 미래를 서서히 받아들이고 있었다. 매일같이 창밖으로 이어지는 우주는 믿기지 않도록 아름다웠고, 그런 만큼 영영 끝나지 않을 듯했다.

탈출선에 갇힌 지 백 일이 지났을 즈음 두 아이는 자신들의 몸이 변하고 있음을 알아차렸다. 변화는 그들 또래가 겪는 2차 성징과는 사뭇 다른 것이었다. 우주인들이 통상적으로 경험하는 골밀도의 변화와도 달랐다. 그들은 자신의 신체가 무생물…… 혹은 우주……에 조금씩 가까워지는 중이라고 느꼈다. 두 사람은 차츰 갈증도 허기도 거의 느끼지 못하게 되었고, 실제로도 아주 조금만 먹었다. 물은 하루에 몇 모금이면 충분했다.

그것은 다른 우주인들이 말하는 '우주 생활에의 적응'과는 분명 다른 현상이었다. 위도와 경도는 확실히 여태까지 겪은 세상과 전연 다른 시공간으로 건너가고 있었으며, 그들의 몸은 한층 일찍 그 세계에 도착해 있었다.

우리가 외계인이 되고 있나?

어느 날 경도가 물었고, 위도는 곧바로 답했다. 말도 안 되는 소리. 그러나 실은 위도 역시 같은 질문을 곱씹고 있었다. 비슷한 질문이 넝쿨처럼 이어질 때면, 그들은 캡슐 한구석에 매달린 모니터를 켰다. 그 기기에는 과거의 지구인이 만든 영상과 책들의 데이터가 고스란히 담겨 있었다. 화면의 활자 혹은 이미지는 지금 그들의 상황과 아무런 상관도 없는 천연덕스러운 얼굴로 전혀 다른 삶들을 들려주었다.

위도와 경도는 그 모든 삶을 분명하게 기억했다. 우주에서의 시간은 뒤죽박죽 섞이거나 흐릿한 기억으로 남았지만, 스크린에서 읽거나 본 이야기들은 두 아이의 몸 구석구석에 선명한 색채로 스며

들었다. 승합차에서 먹고 자던 두 도둑의 모험이나 오래된 극장에 머무는 유령과 그 연인, 그리고 수많은 로맨스. 우주에서의 삶은 요원하고 태어난 땅에 발붙인 채 살아가는 것만이 유일한 선택지던 호시절의 이야기들. 어떤 이야기든 결국에는 끝이 났으며 주인공들 역시 집으로 돌아갔다. 그러나 위도와 경도는 아니었다. 그들은 여전히 집에서 먼 곳에 있었다. 땅에 발붙이지 못하고, 늘 바닥에서 조금씩 떠올라 허우적거렸다.

그 무렵 위도와 경도는 서로 아무 질문도 주고받지 않았다. 아무리 묻고 답해도 해결되는 것은 없었다. 목 안에 차곡차곡 쌓이던 시간의 켜는 조금씩 허물어졌다. 두 아이는 스스로가 폐가 모듈의 죽은 미국인이나 수조 속 유령처럼 투명해지고 있다고 느꼈고, 모든 것을 포기할 가능성을 잦게 논하기 시작했다.

우주에서 사라지는 건 쉬운 일이야. 그들은 말

했다. 그냥 바깥으로 나가면 돼. 우주복 없이, 맨몸
으로, 그간 배운 훈련 따위 모두 잊은 채. 그렇게 문
밖으로 나가 덮쳐오는 우주를 마주하면 모든 게 끝
날 터였다. 몸은 순식간에 얼어붙고 심장은 멈출 테
며, 더는 어떤 모습의 미래도 기다릴 필요가 없었다.

위도와 경도의 말이 우미의 스크린에 쌓였다.
아마 그때, 그 일이 벌어졌을 거예요.

그들의 논의가 종점으로 달려가던 날이었다.
우주에 맨몸으로 나갈 경우 맞닥뜨릴 추위에 대
해 말하던 중, 하나의 손이 다른 손을 덮었다. 명확
한 이유는 없었다. 위로의 몸짓일 수도 있고, 추위
에 대한 두려움을 달래려던 동작이었을지도 모른
다. 그 순간 모든 게 바뀌었다. 위도와 경도는 하나
로 포개진 손을 물끄러미 내려다보았다. 접촉된 표
피에서 무언가 변하고 있었다. 우주를 떠도는 동안
투명해지던 몸이 다시금 뚜렷해졌다. 새로운 시간
또는 사건이 둘의 몸속에 쌓였다. 우주……와도 무

생물……과도 다른 무엇으로 그들은 새롭게 변하고 있었다. 맞댄 손바닥에서 그들이 볼 수 없는 무수한 입자가 교환되었고, 새롭게 탄생하거나 사라지며 뒤섞였다. 그것은 분명한 사건이었다.

위도가 경도의 팔을 붙잡았다. 경도는 위도의 어깨를 어루만졌다. 양손을 들어 서로의 목덜미를 쓰다듬었고, 뺨을 맞댄 후 코를 맞부딪쳤다. 입술이 닿은 순간 그들은 자신들이 영영 문밖으로 나갈 수 없으리란 사실을 알았다.

우리가 일반적인 섹스를 했다는 이야기는 아니에요.

위도가 말했다. 소장이 다시 두 눈을 눌렀다. 경도가 말을 이었다.

이미 아시겠지만 우주에서의 성기 삽입은 거의 불가능해요. 포옹이나 입맞춤에도 많은 노력을 들여야 하죠.

물론 그들은 모든 노력을 기울였다. 어차피 그 외에는 노력을 들일 일도 없었다. 그들은 더 이상 자가 귀환 프로그램이 작동하는지 확인하지 않았다. 창밖에서 영원처럼 흘러가는 우주에도 별다른 관심을 두지 않았다. 그들은 상대의 머리카락을 쓰다듬고, 턱 끝을 어루만지며, 팔다리로 상대의 몸을 감싼 채 떠다니는 데 집중했다.

　　다만 벽시계로 지구의 시간을 확인하는 습관은 변하지 않았다. 한 살씩 더 먹었을 때 그들은 창가에 걸터앉아 서로의 눈을 오래 들여다봤고, 스무 살이 되었을 때는 몇 주 만에 건조 식량을 꺼내어 나눠 먹었다. 스물다섯이 넘었을 적 그들은 자신들이 더는 자라지 않는다는 사실을 받아들였다. 그것은 위도가 평생 월경을 시작하지 않으리란 뜻이었고—그들은 아주 오래도록 달을 보지 못했다—두 사람이 결코 아이를 낳을 수 없다는 의미였다. 위도와 경도는 몸의 변화처럼 그 사실 또한 겸허히 받아들였다. 간혹 농담으로도 써먹었다. 만일 여기서 아이를 낳으면 진짜배기 외계인이 태어날 텐데…… 세 식구가 함께 지구 침략을 계획할 수도 있었을 터…… 병실 안의 두 사람은 그 농담을 전하며 웃음을 터뜨렸다. 그들이 지구에 돌아온 후 처음으로 낸 웃음소리였다.

면담은 급작스레 멈췄다. 소장이 벌떡 일어선 탓이었다. 그는 구부정하게 서서 한참을 씨근덕댔다. 널찍한 이마가 하얗게 질려 있었다. 그는 위도와 경도를 번갈아보다가 말했다.

저기, 그…… 잠깐 떨어져서 앉아볼래?

아이들은 소장을 물끄러미 보다가 고개를 저었다. 소장의 이마가 붉게 물들었다. 그는 소파를 반 바퀴 돌아서 아이들 옆에 다가가 섰고, 두 직원의 만류에도 불구하고 위도와 경도의 어깨를 붙잡아 당겼다. 두 아이가 움직이지 않으려 버티자 그의 이마와 목울대 위로 핏줄이 섰다. 그는 평생의 숙제라도 되는 양 낑낑거리며 두 몸을 서로에게서 떼어냈다.

위도가 먼저 소리 질렀다. 새되고 가파른 소리였다. 경도의 비명이 뒤를 이었다. 변성기를 채 지나지 않은 목소리가 병실 벽 곳곳에 금을 내는 듯했다. 두 사람은 발버둥 치고 고개를 흔들었다. 앙상한 팔다리여도 몸부림은 거셌다. 둘 중 하나의 발길질에 맞은 소장이 곤두박질치듯 뒤로 넘어졌다.

팀장이 경도를, 우미가 위도를 붙잡았다. 바닥에 주저앉은 소장이 두 아이를 보았다. 열기가 얼굴을 뒤덮어 흰자까지 벌겋게 물들어 있었다. 위도와 경도의 낯도 분홍빛이었다. 눈시울은 축축했으며 갈라진 입술에 핏방울이 맺혔다. 그들은 다시 서로를 붙들었다. 상대의 허리와 어깨를 쥔 손에 어찌나 힘을 주었던지, 손등만 죽은 이처럼 새하얬다. 안 돼요. 우리는 떨어질 수 없어요. 둘 중 한 아이가 말했다.

차라리 우리를 돌려보내요.

또 다른 아이가 말했다.

*

연구소로 돌아오는 차에서 소장은 말했다. 애들을 저대로 두면 안 돼. 제정신이 아니야. 그는 우선 두 아이를 서로에게서 떨어뜨려야 한다고, 그들이 계속 붙어 있으면 우주에서 함께 쌓은 착각이나 망상 모두 돌이킬 수 없이 깊어질 것이라고 단언했다.

그날 소장은 무언가 결심한 듯했다. 마침내 퇴원한 위도와 경도가 연구소로 돌아왔을 때, 그는 결심을 하나하나 실행에 옮겼다. 우선 분리 조처가 시작됐다. 위도는 우미를 비롯한 여직원들이 쓰는 기숙사 꼭대기로, 경도는 연구소 맞은편 생활동의 관사 중 하나로 보내졌다.

짐을 옮기는 내내 위도와 경도는 또다시 악을 쓰고 바닥을 굴렀다. 이번에는 별다른 효과가 없었다. 소장이 애초 분리 현장에 나타나지 않은 까닭이었다. 그러나 몇 주 내내 위도가 그릇과 컵 등 유리로 된 물건을 모조리 깨뜨리고, 경도가 관사 바닥에 누워 제 몸을 쥐어뜯거나 할퀴는 시도를 한다는 보고가 이어지자, 소장은 결국 긴급 회의를 소집했다.

회의가 끝날 무렵 소장은 아이들이 하루에 한 시간씩 만나게 하는 데 동의했다. 대신 그는 몇 가지 규칙을 내걸었다. 연구소 바깥에서의 만남은 엄격히 금지되었고, 반드시 성인 보호자가 동행해야 했다. 홍보팀 직원 우미가 그 역할을 맡았다.

우미가 그 일을 맡게 된 데에는 몇 가지 이유가 있었다. 가장 큰 이유는 위도와 경도가 연구소 관계자 중 가장 덜 경계하는 인물이 우미라는 사실이었다. 분리 조처 이후 그들은 연구복 차림의 사람

을 볼 때마다 눈에 띄게 긴장했으나, 우미 앞에서
는 비교적 부드러운 표정을 지었다. 그를 규의 친
구로 기억해서일까? 정확한 이유는 알 수 없었지
만 그 덕에 우미는 매일 오후 2시부터 3시까지 위
도와 경도 사이에 앉아 있게 되었다.

그 외에도 몇 가지 업무가 더 주어졌다. 팀장은
우미에게 아이들의 사소한 행위부터 특이점까지
낱낱이 관찰하고 기록해서 보고하라고 이야기했
다. 동시에 혹여 아이들이 '옳지 못한' 행동을 하면
'성인으로서' 제지하라는 소장의 전언을 덧붙였다.
우미는 슬쩍 웃었다. 말이 좋아 관찰과 보고일 뿐,
결국은 감시 역이었다. 기숙학교의 사감 같기도 했
다. 둘이 엉겨붙을까 전전긍긍하며 지켜봐야 한다
는 점이 특히 그랬다.

그러나 우미는 별다른 불만 없이 업무를 받아
들였다. 실은 반가운 마음조차 들었다. 그에게는
묻고 싶은 것이 있었다. 실은 묻고 싶다는 말로 채

표현할 수 없을 만큼 오랫동안 되새긴 질문이었다. 우미가 알기로 그 물음에 답해줄 수 있는 사람은 위도와 경도뿐이었다.

어쩌면 주 선배가 내 마음을 알고 나를 보냈는지도 몰라.

위도와 경도를 만나러 가며 우미는 생각했다. 상사이자 대학 선배인 주 팀장은 규를 제외하면 연구소에서 가장 오래 알고 지낸 사람이었으며, 그만큼 우미에 관한 많은 것을 알고 있었다. 우주정거장이 추락하고 몇 주가 지났을 때 그는 물었다. 둘이 얼마나 오래 알았다고 했지? 당시 우미는 사고에 대해 무엇도 받아들이지 못한 상태였고, 그렇기에 외려 건조하게 답할 수 있었다.

태어날 때부터 알았어요. 가족끼리 친해서요. 물론 그보다 더 많은 말을 할 수 있었다. 십대 시절 규는 우미에게 삶에 필요한 것 대부분을 알려준 사람이었다. 자전거와 스케이트보드 등 바퀴 달린 물건을 타는 법부터 또래 애들에게 무시당하지 않을 농담, 동네에서 피해야 할 남자애 등……. 막상 규는 그 남자애들과 함께 천변 농구장을 휩쓸고 다녔다. 우미는 당시 시합을 구경한다는 핑계로 규가 가는 곳마다 스케이트보드를 타고 따라다녔다. 규는 농구를 잘했다. 괜찮은 센터가 있다는 소문이 퍼져 옆 동네 학교의 코치가 그를 스카우트하러 온 적도 있었다.

우미는 규의 가족과 함께하는 여행을 기다리느라 계절마다 힘을 다 썼다. 매해 눈에 띄게 사라져가는 봄과 가을, 아이들이 방학을 맞으면 두 가족은 해안과 숲으로 함께 떠났다. 우미는 규가 얼마나 능숙히 텐트를 설치하고 불을 지폈는지 잘 알았다. 함께 해변에 머물 때면 규는 거기 있는 누구보다 더 많은 별의 이름을 외우는 사람이었다.

그러나 이런 이야기를 상사에게 할 필요는 없었다. 가족이나 친구에게도 말하고 싶지 않았다.

아주 오래도록, 규와의 기억은 우미 자신만의 것이었다. 그러나 위도와 경도에게라면 그 기억을 말할 수 있었다. 말하고 싶은 마음마저 들 정도였다. 듣고 싶은 이야기 또한 있었다.

세 사람은 연구소 곳곳에서 만났다. 때로는 본관 회의실에서, 혹은 안쪽의 중앙 정원에서, 경도가 머무는 관사 거실이나 직원 기숙사 1층의 휴게실에 앉아 한 시간을 보냈다. 주말마다 두 아이를 보러 오는 의사는 그들이 가능한 한 여러 장소를 겪게 하라고 말했다. 우주선과 다른 형태와 너비의 장소에서 충분한 시간을 보내도록 도와야 한다고.

막상 위도와 경도는 장소에 별다른 관심을 기울이지 않았다. 그들이 관심을 두는 상대는 서로뿐이었다. 그들은 회의실의 탁자를 사이에 둔 채, 중앙 정원의 조그마한 정자에서 무릎을 붙이고 앉은 채, 관사 거실의 소파에 기댄 채 서로를 주시했다.

소장은 그들의 신체 접촉을 엄격히 금지했지만, 우미는 그들이 손끝을 걸거나 어깨를 붙일 때마다 딴청을 피웠다. 두 아이를 위해서는 아니었다. 그저 그토록 집요하게, 마치 시선으로 상대를 잡아둘 수 있다는 양 마주 보는 이들을 말릴 엄두가 나지 않았다.

위도와 경도를 만난 의사 또는 상담사들의 진단은 대개 비슷했다. 두 아이가 겪는 망상의 정도가 심하다 해도, 그들의 경험을 고려하면 충분히 이해할 수 있다는 것이었다. 주말의 의사는 말했다. 대개 청소년은 성인보다 더 느리게 시간을 인식해요. 직접 경험하는 정보 하나하나에 더 큰 무게를 부여하는 만큼 하루의 밀도를 한층 무겁게 느끼죠. 물론 열흘과 10년의 시차는 말도 안 되지요. 그러나 이 애들은 여태 누구도 겪지 못한 경험을 했어요. 우리는 전혀 모르는 종류의 경험이지요.

의사는 그 경험의 특수성을 고려하면 두 아이

의 상태가 지금보다 훨씬 더 나빴을 수도 있었으리
라 덧붙였다. 오히려 이런 사건을 겪은 후에도 지
금처럼 생활하는 일 자체가 놀랍죠. 둘 다 굉장히
어른스러워요. 의사는 말했다. 가끔은 그들의 조숙
함이 너무 낯선 것이어서 기묘하게 느껴진다고도
했다.

그 애들 말이 사실일 가능성은 아예 없을까요?

어느 날 우미가 묻자 주 팀장은 눈살을 찌푸렸
다. 아무리 홍보팀이어도 명색이 연구소 직원인
데, 그런 말 하면 안 되지. 팀장이 웃어서 우미도 따
라 웃었다. 애당초 아주 진지하게 꺼낸 말은 아니
었다. 정거장에 머문 기간을 비롯해 우주에서 보
낸 수십 일은 아이들의 뼈대를 느슨하게 늘려놓았
지만, 그게 그들이 성인이 되었다는 의미는 아니었
다. 그들은 그저 무중력 상태에 오래 머물렀을 뿐
이었다. 위도는 아직 월경조차 시작하지 않았으며,
경도의 목소리는 이제야 변성기를 맞아 갈라지기

시작했다.

그런데도 묘한 느낌은 한동안 우미를 떠나지 않았다. 그는 종종 아이들을 보며 생각했다. 혹시 이 애들의 말이 맞으면 어쩌지? 두 아이가 우주에서 정말로 10년을 보낸 것이라면? 많은 경우 위도와 경도는 십대 연인보다 노부부에 더 가까워 보였다. 면회 시간마다 그들은 잃어버린 부품을 되찾은 양 안도의 숨을 내쉬었다. 이미 한평생을 서로의 옆에서 보냈기에 상대가 없는 삶은 상상조차 못 하는 노인들처럼.

동시에 그들은 아주 어린 연인처럼 굴기도 했다. 그들은 우미가 다른 곳을 볼 때 잽싸게 상대의 어깨를 깨물었다. 등이나 허벅지를 힘껏 맞붙이기도 했다. 우미가 다시 고개를 돌리면 모른 척 물러서서 시선을 맞췄다. 때로 그들은 상대가 여기 있다는 사실 자체에 몹시 놀란 사람처럼, 그리고 그 사실이 기뻐 견딜 수 없는 사람처럼 눈앞의 얼굴을

보았다. 여름 해변이나 천변 농구장에서 규를 바라
보던 우미의 시선과 아주 닮은 눈길이었다.

우미는 결국 참지 못하고 말했다.

묻고 싶은 게 있어.

위도와 경도가 천천히 고개를 돌려 그를 보았
다. 날 선 눈길이었다. 비록 우미에게 상대적으로
너그러운 태도를 보이긴 했으나, 그들은 여전히 둘
사이에 제삼자가 있다는 사실에 성이 나 있었다.
우미가 자신들의 대화에 끼어들 때면 그림자가 말
을 건 듯 화들짝 놀라기도 했다. 우미는 숨을 고른
후에 말했다.

규에 대해 묻고 싶어.

이름을 말한 순간, 열기가 눈시울까지 올라왔
다. 우미는 더듬거리며 질문을 이어나갔다. 그의
생각보다 더 어려운 일이었다.

우미가 질문하는 내내 위도와 경도는 꿈쩍도
하지 않았다. 눈조차 깜빡이지 않았고, 입술은 일

자로 다물었다. 눈동자가 어찌나 투명한지 동물 박제에 넣는 유리알처럼 보였다. 그렇기에 두 아이가 미소 지었을 때, 우미는 소스라치게 놀랐다. 죽은 동물이 불현듯 일어나 사람의 탈을 뒤집어쓴 것 같았다.

대답해드릴게요.

경도가 말했다. 아니, 위도였을지도 몰랐다. 경도가 변성기를 겪고 있었음에도, 두 아이의 목소리는 거의 똑같이 들렸다.

그렇지만 조건이 있어요.

이번에는 위도가 말했다. 아니, 경도였던가? 곧 우미는 말하는 이를 골라내는 일이 왜 이토록 어려운지 깨달았다. 그들은 동시에 입을 움직이고 있었다. 한 사람이 말할 때, 다른 사람 역시 그 말에 정확히 알맞은 모양으로 입을 벙긋댔다. 같은 각본을 받은 배우들처럼 두 개의 입술은 나란히 또 함께 움직였다.

우리가 결혼식을 열 수 있게 도와주세요.

우미는 아무 말도 하지 않고 연이어 움직이는 입술을 보았다. 두 아이는 계속 이야기했다. 이 순간을 위해 세운 듯한 계획은 퍽 길고 자세했으며, 연구소의 방침을 빠짐없이 어기고 있었다. 직원을 매수하고—그들은 설득이라고 표현했다—, 연구소를 탈출해서—그들은 잠시 나갔다 온다고 묘사했다—, 그들이 원하는 좌표에 다다른 뒤 식을 올릴 것이었다. 위도와 경도는 목적지의 위도와 경도를 정확히 불렀다. 두 좌표가 겹치는 곳은 두 아이가 몇 달 전 갑작스레 떨어진 자리였다. 불현듯 나타난 유성처럼, 아무도 모르던 두 생존자가 불쑥 지구로 되돌아온 곳.

*

위도와 경도는 우미의 거절에 별다른 반응을

보이지 않았다. 소장이 붙잡은 때처럼 몸부림을 치거나 비명을 지르지도, 분리 조처 때처럼 물건을 부수거나 몸을 쥐어뜯지도 않았다. 예의 그 투명한 눈으로 우미를 바라보다가 눈길을 떨어뜨렸을 뿐이었다. 수수깡을 엮어 만든 듯 앙상한 어깨가 축 늘어졌다.

그 모습은 며칠이 지나도 우미의 머릿속을 떠나지 않았다. 밤중이면 더 생생히 떠올랐다. 우미가 규에 대해 묻던 순간 그들의 얼굴에 떠오른 미소 역시 선연했다. 그들은 오래 기다린 손님을 환영하듯 반갑게 웃었다. 그때 그들은 무슨 말을 하려고 했을까? 두 사람이 내놓을 대답 속에 우미가 그토록 찾던 것이 있었을까?

호출 벨 소리가 생각을 멈춰 세웠다. 우미는 벌떡 일어났다. 머리맡에 걸어둔 호출기가 빨간 불빛을 번쩍이며 울리고 있었다. 그는 시계부터 확인했다. 갓 자정을 지난 시각이었다. 호출기에는 위도의 이름이 떠 있었다. 혹시 필요한 일이 생기면 부르라고 호출기를 주긴 했으나, 벨이 울린 건 처음이었다.

점퍼를 챙기고 복도로 나서자 찬 기운이 겨드랑이 안쪽까지 스몄다. 여름이 끝나자마자 추위는 빠르게 기세를 불렸다. 우미는 꼭대기 층까지 올라갔다. 관리자 카드로 방문을 열고 들어섰다. 위도가 침대 가장자리에 앉아 있었다. 평소보다 파리한 얼굴이 창밖의 가로등 빛을 받아 둥둥 떠다니는 듯 보였다. 표정은 여전히 침착했다. 위도가 손끝으로 침대 한가운데를 가리켰다. 핏자국이 묻어 있었다. 수십 년 전의 남극 대륙을 닮은 모양이었다.

늦은 시간에 미안해요. 위도가 말했다. 생각보다 피가 많이 나와서 놀랐어요.

우미가 고개를 저었다. 괜찮아. 그가 이불을 정리하는 내내 위도는 몇 발짝 뒤에 서 있었다. 이불보를 적신 피는 맑은 빨간색이었고 몹시 축축했다.

우미는 이불을 돌돌 말면서 물었다. 이번이 처음이지? 등 뒤에서 위도가 말했다. 네, 죄송해요. 우미가 말했다. 정말 괜찮아. 처음에는 다 놀라. 이게 뭔지 안다고 해도 말이야. 그는 이불을 두 팔에 끌어안고 뒤돌아섰다. 위도가 바로 앞에 서 있었다. 코끝이 닿을 정도로 가까웠다. 위도가 오른손에 쥔 커터칼은 어딘지 눈에 익었다. 부주의한 직원 중 하나가 회의실이나 휴게실에 두고 간 모양이었다.

위도는 긴긴 달리기를 끝낸 사람처럼 헐떡이고 있었다. 호흡은 가빴으나 표정에는 역시 큰 변화가 없었다. 선생님. 위도가 한참이나 시근거리다가 말했다.

저희 부탁 좀 들어주세요.

안 된다고 했잖아.

상황이 바뀌었잖아요. 다시 생각해주세요.

확실히 상황이 바뀌긴 했지. 칼끝은 우미의 목 바로 아래에서 흔들흔들 움직였다. 거뭇한 테이프

자국으로 뒤덮인 칼끝은 무뎌 보였으나, 날 곳곳에 핏자국이 얼룩져 있었다. 우미의 시선이 칼을 쥔 위도의 손목을 타고 내려가 무릎 부근에서 멈췄다. 위도의 오른 허벅지가 피로 흠뻑 젖어 있었다. 하늘색 잠옷 바지는 핏자국에 찰싹 달라붙은 채였다. 말마따나 상황을 바꾸기 위해 허벅다리를 수차례 긋는 위도의 모습이 눈앞에 그려졌다. 헛웃음이 났다. 규였다면 이 상황에서 무어라 말했을까? 십대들은 역시 어쩔 수 없다고 했을까? 그러나 이 애들의 말대로라면, 이들은 더 이상 십대도 아닌데.

그래, 도와줄게.

위도의 속눈썹이 파르르 떨렸다. 우미가 다시 한번 말했다. 도와줄 테니까 지금 출발하자. 상처만 치료하고. 우미가 이불을 침대에 도로 올려두고 구급상자를 가지러 가는 동안에도, 위도는 칼을 내려놓지 않았다.

상처는 그리 깊지 않았다. 우미는 길쭉한 칼자

국들을 소독하고 연고를 바른 뒤 테이프를 붙였다. 우미가 본인의 바지를 벗기고 약을 바르는 와중에도 위도는 뻣뻣이 서 있었다. 시선은 어디로도 가지 못한 채 허공을 향했다. 우미는 칼을 빼앗고서 말했다.

나가자. 추우니까 따뜻하게 입어.

생활동으로 가는 길은 한적하고 고요했다. 앙상한 가지가 맞부딪히는 소리가 간간이 들렸다. 어둑한 거리에서 경도가 머무는 관사 유리창만이 하얗게 빛나고 있었다. 우미는 다시 관리자 카드를 꺼냈다. 현관문을 열자 텅 빈 거실 귀퉁이에 웅크려 앉은 경도가 보였다. 그는 문이 열린 순간 펄쩍 뛰어올랐고, 이내 위도에게 달려왔다. 중력이 여전히 익숙지 않은 듯 불안정한 뜀박질이었다. 거의 절뚝대는 듯 보였다.

그와 마주 선 순간, 우미는 경도의 허벅지 역시 피범벅임을 알아차렸다. 핏자국에 달라붙은 옷의

형태를 보아 하니 위도의 것과 거의 같은 크기의
상처였다.

너희 도대체 왜 그러니?

우미는 관사 곳곳을 뒤져 구급상자를 찾아냈
다. 우미가 소독약과 테이프 그리고 연고를 들고
앞에 앉자, 경도는 잠시 망설이다가 바짓단을 걷어
올렸다. 그의 종아리는 위도의 것보다 단단했고 훨
씬 더 길쭉했다. 그 차이가 새삼스러웠다.

경도의 다리에도 위도의 것과 같은 테이프가
붙은 후에야 그들은 출발했다. 감시카메라가 늘어
선 중앙 도로 대신 생활동 뒤편의 샛길을 통하여
주차장으로 갔다. 반쯤 얼어붙은 덤불과 풀숲을 헤
집어가며 연구동을 가로질렀다. 숨을 쉴 때마다 보
얀 입김이 부풀어 올랐다. 우미는 잡초가 무성히
자란 화단에 두 아이를 앉힌 후 주차장으로 들어갔
다. 근거리 출장에 사용하는 하얀 세단이 어둠에
파묻혀 있었다. 우미는 블랙박스의 메모리카드를

꺼낸 다음 시동을 걸었다.

위도와 경도가 뒷좌석에 올라탔다. 우미는 앞좌석에 앉아 자율 주행 모드를 켰다. 후문의 주차 차단기가 보일 즈음 차를 세웠다. 차단기를 올리고 그 옆에 달린 카메라에 장갑을 씌웠다. 차로 돌아가는 내내 머릿속이 수선스러웠다. 연구소는 결국 이 일을 알게 될 것이다. 대체 무슨 핑계를 대지, 나 역시 허벅지라도 찔러야 하나. 우미가 마른 입술로 중얼거렸다.

규.

너는 어떻게 했을까.

지난번 두 아이에게 던진 질문이 떠올랐다. 그 또한 규에 관한 것이었다. 지금은 그것보다 당장 물은 말에 대한 답이 듣고 싶었다.

우미가 차에 올라탔다. 뒷좌석을 보았다. 다리에 나란히 테이프를 두른 몸들이 있었다. 위도와 경도는 상대의 목덜미에 코를 파묻고 있었다. 피

묻은 잠옷 대신 큼직한 후드티와 청바지를 걸친 채였다. 그들은 평소보다 더 작아 보였다. 부스스한 머리카락 사이로 드러난 얼굴은 영락없는 십대의 것이었지만, 옷에 푹 파묻힌 모양새와 어울리지 않게 결연한 표정은 스물일곱에 조금 더 가까워 보였다. 마찬가지로 스물일곱인 우미가 말했다.

나가기 전에 하나만 얘기할게.

예.

결혼은 아주 큰일이야.

알아요.

우미는 망설이다가 물었다. 정말로 하고 싶어? 열일곱 혹은 스물일곱의 위도와 경도가 웃음을 터뜨렸다. 우주에서의 농담을 재연하던 순간 이후 처음으로 듣는 웃음소리였다. 그들은 기침까지 하며 웃다가 말했다. 우린 하고 싶은 게 이것뿐이에요. 그들은 발을 구르며 소리쳤다. 얼른 나가요.

*

　도로는 텅 비어 있었다. 위도와 경도는 서로의
어깨에 기댄 채 창밖을 바라보았다. 차창 너머로
가로등이나 가드레일이 지나갈 때마다 몸을 떨었
다. 난간 안팎의 들판과 불빛, 건물을 비롯한 모든
풍경이 몹시 가까이 있었다. 이곳에선 문을 열고
맨몸으로 나간다 해도 결코 얼어붙지 않을 터였다.
　우주정거장에 정착한 지 얼마 되지 않았을 무
렵 규는 말했었다. 너희 세대부터는 우주의 풍경에
훨씬 더 익숙해질 거야. 하지만…… 규는 말을 끝
맺는 대신 거주 모듈에서 가장 큰 창문을 가리켰다.
그들이 떠나온 방향으로 난 창이었다. 세 사람은
원형 창 앞에 다가가 섰다. 창문 가장자리로 푸른
빛이 아른거렸다. 지구로부터 온 것이었다. 규는
저곳에 누가 살았는지 아는 사람, 거기서 자라나는
나무며 굳어져가는 돌의 이름이 무엇인지 아는 사

람은 점차 적어지고 있다고 했었다. 언젠가는 위도
와 경도라는 개념 자체도 희미해질 날이 올 것이다.
대륙의 모양이나 육도와 해도를 아는 사람 역시 드
물어질 터였다.

그러나 지금 그들은 땅 위를 달려서 또 다른 땅
으로 가고 있었다. 앞 좌석의 우미가 라디오를 틀
었다가 껐다. 오른쪽 창밖으로 한창 철거 중인 아
파트 단지가 보였다. 맞은편 농성장의 천막에서 몇
개의 불빛이 번쩍였다. 우주에서 본 것에 비하면
멋쩍을 만큼 미미했으나, 그래도 거기에는 누군가
있었다.

위도가 맞잡은 손을 내려다보았다. 손은 그가
기억하는 것보다 크고 두꺼웠다. 우주에서는 10년
간 머물러도 어떤 변화도 없었는데. 지구에 오자
마자 두 사람의 몸은 이때를 기다렸다는 듯 자라기
시작했다. 손톱과 머리카락이 자라고 몸 곳곳에 털
이 났으며, 뼈조차 커지는 듯했다. 우리는 자꾸 변

할 거야. 위도는 생각했다. 그만큼 서로 멀어질 거고. 그가 몸을 돌려 경도와 눈을 맞췄다. 경도 역시 그와 같은 생각을 하는 중이었다. 적어도 아직 그 정도는 느낄 수 있었다.

경도는 왼손을 뻗어 테이프를 붙인 위도의 허벅지를 쓰다듬었다. 테이프에 말라붙은 핏자국을 떠올리며 경도는 또 한 번 깨달았다. 시간이 지나면 위도는 칼을 쓰지 않아도 매달 피를 흘리게 될 것이다. 그것은 위도가 아이를 낳을 수 있다는 뜻이었다. 외계인이 아닌 아이를……. 그 가능성은 평생을 우주에서 떠도는 삶보다 더욱더 꿈 같은 것으로 느껴졌다. 경도는 그 생각을 몇 겹으로 접어 주머니에 넣고 마주 쥔 손을 무릎에 올렸다. 당장은 만난 적 없는 미래를 생각할 필요 없었다. 지금 두 사람은 직접 선택한 장소로 가고 있었다.

있잖아.

위도와 경도가 앞 좌석을 보았다. 룸미러에 우

미의 눈이 비쳤다. 그들을 보고 있었다.

지난번 내가 물어본 것 기억나?

두 사람이 무어라 우물거렸다. 우미는 듣지 않고 말을 이었다. 역시 규에 대한 말이었다. 위도와 경도는 귀를 기울였다. 그러면서도 옆자리의 무릎이나 팔꿈치, 머리카락과 손끝을 어루만지며 상대가 더 자라거나 늙고 있지 않은지 확인했다.

우미의 이야기는 두 사람과 아무런 관계가 없었지만, 영 멀게만 느껴지지는 않았다. 사실 위도와 경도는 아주 주의 깊게 그 이야기를 들었다. 그들이 탄 우주정거장이 왜 추락했으며, 그 안에 어떤 사람 둘이 있었는지 들었던 날보다 더욱 집중했다.

우미는 규에 대해 영원토록 말할 수 있는 사람 같았다. 그는 도심을 통과하는 내내 규가 열대여섯 살에 어떤 변화를 겪었는지 이야기했다. 규는 어느 날 갑자기 엄청나게 자랐다. 턱이 거뭇거뭇해졌으며 땀에 젖은 운동복에서는 고무 냄새가 풍겼다.

열일곱의 규는 바퀴 달린 물건을 매일 타고 다녔고, 그 탓에 팔다리엔 언제나 멍이 얼룩져 있었다.

매일 걔를 따라다녔어. 같이 보드를 타다가 팔꿈치가 깨졌지.

우미는 오른팔을 번쩍 들어 뒷좌석의 아이들에게 보여주었다. 새카맣게 물든 자국이 보였다. 위도와 경도는 유심히 상처를 보았다. 우미가 말했다. 너희 상처도 언젠가 이렇게 변할 거야.

차는 점점 좌표에 가까워지고 있었다. 구불구불한 길이 그들의 발 아래로 빨려들었다. 우미는 계속 말했다. 모두가 자라나면서 그처럼 새카맣게 물든 자국을 갖게 된다고. 오늘 그들의 허벅지에 생긴 상처 역시 언젠가는 옅어질 것이며, 그렇기에 한때는 몸을 관통한 상처 역시도 나중에는 희미한 흉으로 변할 수 있었다. 흉은 결국 무수한 사건의 흔적이자, 시간이 쌓인 자국으로만 남을 것이었다.

사건이 쌓이다 보면 시간도 흘러 있겠지. 너희

도 변할 테고. 그걸 알았으면 해.

아이들은 대답하지 않았다. 우미도 말을 멈추지 않았다.

열일곱이든 스물일곱이든, 너희는 앞으로 많이 달라질 거야. 슬픈 일만은 아니야. 그냥 그렇게 되는 거야.

차가 나들목을 지나고 있었다. 두 아이는 여전히 말이 없었다. 전면 유리창에서 두 개의 수치가 연달아 깜빡였다. 현 위치의 위도와 경도였다. 곧 두 아이가 말한 숫자에 다다를 터였다. 우미가 돌아보며 물었다.

내 말 무슨 뜻인지 알겠니?

그때 컥 하는 소리가 났다. 이번에는 분명히 구분할 수 있었다. 그것은 위도의 소리였다. 곧이어 비쩍 마른 팔이 우미의 목을 휘감았다. 팔은 그들이 주워 온 커터칼만큼 무뎠으나 끈덕지게 우미의 목을 눌렀고, 손가락은 눈을 찔렀으며, 코를 비틀었다. 경도가 소리쳤다. 그만해, 그만해, 그러지 마!

요동치는 차 안에서 두 개의 시선이 마주쳤다. 위도와 경도가 입을 벌렸다. 서슬 퍼런 두려움이 목구멍으로 밀려들었다. 서로 다른 행동을 했으며 각자 다른 의견을 냈다는 사실이 그들을 얼어붙게 했다.

두 사람이 겁에 질려 멈춘 동안에도 우미는 계속 몸부림쳤다. 발에 치여 자율 주행 모드가 꺼지면서, 차는 차선 양편을 넘나들기 시작했다. 세 사람의 머리가 천장에 연달아 부딪혔다. 곧 요란한 충돌음과 함께 찾아온 충격이 몸 안팎을 뒤흔들었다.

잠시 후 그들은 눈을 떴다. 경고음이 울리고 있었다. 가드레일을 들이박은 차 앞부분은 마분지처럼 구겨져 있었다. 우미는 터진 에어백에 얼굴을 파묻은 채 숨을 몰아쉬었다.

우미가 아주 느리게 고개를 들었다. 코앞에 위

도가 있었다. 눈썹은 찢어지고 입술이 터진 몰골이었다. 봐요. 위도가 그의 머리를 가리켰다. 우미는 이마를 더듬었다. 따끔한 감촉과 함께 축축한 것이 묻어났다. 피는 맑고 따뜻했다.

제가 그 상처를 만든 거예요. 위도가 말했다. 낫는다 해도 그걸 잊지 마세요.

경도가 위도의 손을 잡았다. 구겨지지 않은 쪽 문을 열고 내렸다. 도로에는 그들뿐이었다. 양편의 텅 빈 땅에서 찬바람이 불어왔다. 두 사람이 몸을 움츠렸다. 몹시 추웠다. 그러나 얼어붙을 정도는 아니었다.

한밤중이었다. 우주가 잘 보이는 시간대. 별 대신 밤하늘을 떠다니는 수많은 선체의 불빛이 보였다. 두 아이는 도로변을 따라 걸었다. 그들은 우미의 질문, 그들을 이곳까지 오게 만든 질문을 생각하고 있었다.

지난번 우미는 물었다. 규가 무슨 이야기를 했어? 마지막 무전 통신에서 말이야. 그들은 우미가 무슨 답을 듣고 싶어 하는지 알았다. 그러나 말할 수 없었다. 실상 규는 우미에 관한 어떤 말도 하지 않았다. 그들도 서로의 마지막 말조차 짐작하지 못할 때가 오겠지, 어쩌면 마지막 순간엔 서로를 생각조차 하지 않을지도 몰랐다.

그들은 계속 걸었다. 본래 정한 좌표까지는 아직 조금 더 남아 있었다.

두 사람이 정한 좌표에 부서진 땅이 하나 있었다. 싱크홀 직전처럼 안쪽이 푹 팬 땅이었다. 거대한 주먹이 내려친 양 쪼개진 돌과 흙이 사방에서 비죽비죽 튀어나와 있었다. 추락한 우주선은 땅에 지워지지 않을 흔적을 남겼다. 위도와 경도는 흔적을 남긴 좌표를 세심하게 외웠다. 조종석의 스크린이 아무런 예고 없이 켜지고 귀환 프로그램이 가동되던 그 순간, 화면에 떠오른 그 숫자를 몇 번이고 되새겼다. 그날 두 사람은 자신들이 우주로부터 버려지고 있다고 느꼈다.

갈림길 앞에 멈춘 경도가 말했다.

우리 그냥 여기서 하자.

위도가 몸을 돌렸다. 그들은 악수하려는 사람처럼 마주 보고 섰다. 열일곱 혹은 스물일곱의 얼굴을 보았다. 그 얼굴이 서른이나 마흔, 혹은 예순이나 일흔이 된 순간을 그려보았다. 어떤 모습도 떠오르지 않았다. 눈앞을 채우는 것은 지금의 얼굴뿐이었다.

그들은 축축한 입술을 맞대고 뺨을 비빈 다음 다시 떨어졌다. 눈물에 젖은 피부가 따끔거렸다. 발은 땅에 묵직하게 붙들려 있었다. 서로 다른 몸, 두 개의 외떨어진 몸이 거기 서 있었다. 그 순간에도 자라는 중이었다.

그들은 한참을 말없이 서 있었다. 둘 다 바삐 머리를 굴렸다. 지금 이 순간 제일 좋은 질문이 무엇인지, 상대는 어떤 질문을 생각 중이며 그에 무어라 답해야 할는지 생각했다. 그것은 아주 기분 좋은 추론이었다. 그러므로 두 사람은 멈추지 않았다. 계속해서 생각했다. 무엇을 묻고 또 답할 것인지. 그러는 동안에도 밤은 차차 깊어졌다. 결혼식이 시작되고 있었다.

작업 일기

하이틴 러브 VS 왜 쓰는가?

이 책에 대한 제안을 받았을 때 나는 퇴근 버스에 앉아 있었다. 오른쪽 차창에서는 노을이 내려 용암 같은 색을 띤 한강이 지나갔다. 전화를 받은 나는 사방에 앉아 있는 다른 이들이 듣지 않게끔 스피커 부분을 손으로 감싼 채 이야기했다.

처음 내게 주어진 선택지는 두 가지였다. 첫째는 칙릿, 둘째는 하이틴. 칙릿이란 단어는 오랜만에 들었다. 많은 이가 알다시피 '칙릿chick lit'은

젊은 이삼십대 여성을 뜻하는 'chick(병아리)'과 'literature(문학)'를 합성한 용어다. 이 장르의 대표작들로 추고하건대 여기서 말하는 '병아리chick'란 '일하는 여성', 예컨대 직장인 여성을 가리키는 듯하다.

전화를 주신 선생님은 직장에 다니는 나의 상황(그러니까 아마도 당사자성)이 칙릿을 쓰는 데 도움이 되지 않을까 생각하셨다고 했다. 그 후 한 가지 말을 덧붙이셨는데, 대강 각색하면 다음과 같았다.

아니면 하이틴을 쓰셔도 좋고요!

나는 핸드폰을 양손으로 감싼 채 주위를 둘러보았다. 불타는 듯 번득이는 한강을 끼고 달려가는 버스 안, 꾸벅꾸벅 졸거나 피로한 얼굴로 차창 밖을 응시하거나 도무지 알 수 없는 눈길로 앞을 응시하는 나의 동료들……. 나는 스피커를 막은 손을 떼고 대답했다.

전 하이틴으로 하겠습니다.

그때까지만 해도 이상한 자신감이 있었다. 직장인의 로맨스를 쓰는 일은 아무래도 난감하지만 (솔직히 동료들에게 내가 직장인 로맨스를 상상하고 쓴다고 밝히기가 좀 부끄러웠다) 십대의 사랑에 대해서는 무엇이든 쓸 수 있으리라는 자신감이었다. 이 자신감이 얼마나 크나큰 오만이며 착각이었는지는 지난 몇 달 동안 백지와 활자에게 연달아 두들겨 맞으며 깨달았으니, 그 점에 대해서는 더 혼내지 않으셔도 좋다. 그렇더라도 대체 내가 왜 그런 자신감을 품었는지에 대해서는 몇 가지 변명을 늘어놓고자 한다.

우선 나 또한 다른 성인들과 마찬가지로, 끈적끈적한 십대 시절을 거쳐 지나갔다. 한 번이라도 직접 겪은 것이라면 내가 그에 대해 (잘) 알고 있다고 착각하기 마련이다.

많은 이가 그랬다시피 나의 십대 시절 역시 엉망진창이었다. 엉엉 울면서 기숙사 복도를 돌아다녔고, 복수심에 젖은 편지를 썼으며 그중 몇 통은 실제로 보내기까지 했다. 내 생각이나 감정도 아닌 말을 진심처럼 주절거렸고, 종종 그 대가를 호되게 치렀다.

그 시기 나는 삶의 대부분을 모조리 처음 겪었고, 처음의 강렬함을 잊기란 쉽지 않다. 그것이 내 안에 너무도 명확하게 남아 있기에 언제든 꺼내 쓸 수 있다고 착각하게 된다. 심지어 나는 지나간 시절을 유달리 잘 기억하는 사람이었다. 근거 없는 발언이 아니다. 나는 십대 시절을 정말로 '소상히' 기억한다. 나의 오래된 친구들은 저들이 기억하지 못하는 학창 시절의 일화를 외는 나를 허언증이라고 놀리다가도, 그 시기에 대해 떠올리고 싶은 게 있을 때면 전화를 걸어 묻는다.

너 우리 n학년 때 미술부장이 누구였는지 알아?

물론 나는 알고 있다! 동시에, 그가 누구와 사귀었고 어떤 방식으로 사랑에 빠졌으며 그 헤어짐이 학교에 번지던 순간도 기억한다. 당시엔 나도 몰랐지만, 나는 사람 간의 관계에 유난히 예민하게 반응하고 그것을 깊숙이 간직하던 십대였던 것이다.

십대 시절의 관계에는 묘한 구석이 많았다. 우리는 서로를 좋아하면서도 싫어했고, 상대가 행복하거나 건강하길 진실로 바라면서도 언젠가는 폭삭 망하길 갈망했다. 어제는 팔짱을 끼고 자신의 진심을 털어놓던 친구와 이틀 후에는 영영 절연한 듯 흘겨보는 일도 잦았다. 이십대와 삼십대에도 이런 일들은 벌어졌지만, 십대만큼 숨김없는 방식은 아니었다. 십대의 나는 사람들 사이에서 벌어지던 그 뚜렷한 감정의 형태에 완전히 압도당했고, 그 여파는 여전히 내 안에 남아 있다. 1학년 2반 뒷자리에 자주 앉던 애의 이름은 까먹었어도 그가 애인을 처음 사귀었을 때 보여준 표정이나 말투는 선연히 떠오른다. 왜냐하면, 그것들은…… 정말로 축축하고 노골적이었으니까!

  십대의 관계, 나아가 사랑이 유달리 흥미롭다는 점에는 여럿이 공감할 듯싶다. 대중적인 측면에서 봐도 그렇다. 세계에서 가장 유명한 로맨스『로미오와 줄리엣』의 주인공은 모두 십대이며, 국내에서 가장 유명한 로맨스『춘향전』의 주인공들 역시 마찬가지다. 두 이야기의 공통점은 주인공 연인이 모두 사랑에 완전히 '돌아 있다'는 사실이다. 사랑에 이 정도로 '돌기' 위해서는 인생에서 무언가 처음 마주할 때 생겨나는 스파크, 그리고 에너지—즉 체력이 필요하다. 그 정도로 어마어마한 체력을 지닌 이들은 십대뿐이다. 이러한 스파크와 에너지를 잊지 못하는 사람으로서, 나는 내가 수월하게 '하이틴 러브'를 적어낼 수 있으리라 믿었다.

  십대 후반을 뜻하는 '하이틴highteen'은 이 연령

대의 인물을 다룬 콘텐츠와 장르를 두루 가리킨다. 성장하지 않는 나이는 없다지만, 십대만큼 그 성장이 가시적으로 드러나는 시기는 드물다. 그런 만큼 이 장르에서 '성장'이라는 키워드는 필수적이다. 많은 하이틴 로맨스에서 사랑의 성취가 성장의 결과로 나타나는 것은 이러한 이유 때문일 테다. 내가 푹 빠졌던 '하이틴' 이야기도 대개 그런 식이었다. 로미오와 줄리엣 그리고 춘향과 몽룡의 삶도 매력적이지만, 내 마음을 앗아간 십대들의 이야기는 따로 있었다. 그중 하나가 오트프리트 프로이슬러의 1971년 동화『크라바트』다.

이 책은 소르브인의 설화에 등장하는 마술사 '크라바트'의 전사, 즉 그가 어떻게 마술사가 되었는지를 다룬다. 한 소년이 마술사로 성장하는 모험담이며 동시에 사랑 이야기이기도 하다. 출처가 모호한 소문에 따르면, 마술을 배우기 위해 흑마술사의 방앗간으로 들어간 크라바트와 그를 사랑하는 소녀 칸토르카의 이야기는 추후 미야자키 하야오의 걸작 〈센과 치히로의 행방불명〉에도 영향을 줬다고 한다(내게는 이 영화 역시 사랑에 깊숙이 빠진 십대들의 이야기다).

아직 이 책을 읽지 않은 사람들을 위해 (읽어주시면 좋겠다) 자세한 내용은 말하지 않겠지만, 이 동화에 등장하는 연인 역시 맹목적인 방식으로 '돌아' 있다. 크라바트와 칸토르카는 사랑에 빠진 순간부터 자신의 목숨을 상대방의 손에 쥐여준다. 동시에 그 사실에 어떤 거부감도 느끼지 않는다. 이들에게 사랑이란 서로의 삶을 이중 8자 매듭처럼 단단하고도 촘촘히 묶어내는 일이다. 〈헤드윅〉의 주제가가 인용한 『향연』 속 '사랑의 기원' 설화처럼, 이들은 오래전 자신으로부터 갈라진 반쪽을 찾아낸 양 상대를 껴안는다.

연인을 자신의 잃어버린 반쪽으로 대하며 절박하게 구는 사랑 역시 십대와 잘 어울린다. 많은 이가 십대에 첫사랑을 경험하며, 첫사랑은 대개 절박할 수밖에 없다. 나는 나를 비롯하여 처음 사랑을 겪은 이들이 본인과 상대의 삶에 망나니 칼질 비슷한 것을 행하는 풍경을 여러 차례 보았다. 칼질 끝에 남은 상흔은 쉬이 사라지지 않고, 상흔을 얻은 존재는 더는 이전의 그 존재가 아니다. 이러한 과정은 거의 탈피처럼 보이기도 한다.

상술한 생각들은 소설을 쓰는 내내 나를 괴롭혔다. 십대의 사랑은 그 이후 세대의 사랑보다 특별하며, 특유의 광기로 들끓고, 그 탓에 어떤 방식으로든 삶에 깊은 자국을 남긴다는 식의 생각. 나는 나도 모르는 새 '하이틴 러브'를 향한 신비주의를 품고 있었다.

문제는 이 신비주의를 위도와 경도에게 그대로 대입할 수 없다는 점이었다. 일단 위도와 경도는 온전한 십대조차 아니었다. 그들은 자신을 스물일곱이라고 확신하는 십대들이었고, 그 확신이 얼마나 견고했던지 나조차 이들이 열일곱인지 스물일곱인지 제대로 답을 내리지 못했다.

소설을 쓰는 일은 늘 이런 식이다. 분명 내가 만들어낸 인물들임에도, 이들이 내 마음대로 움직이는 경우는 거의 없다. 설령 내 마음을 어떻게든 밀어붙인다 한들, 그로써 나온 결과는 어느 쪽도 원치 않는 모양이기 일쑤다.

하여간 온전한 십대가 아닌 위도와 경도에게 내가 아는 '하이틴 러브'를 강요하긴 어려웠다. 그들은 분명 서로에게 힘껏 몰입해 있었지만, 사랑의 광기로 넘치기에는 (우주에 다녀온 후로) 골밀도도 약하고 근육량도 적었다. 게다가 나는 위도와 경도를 슬그머니 의심하고 있었다. 이들이 하는 사랑이 '진짜 사랑'인가 의심을 품은 것이다.

지금껏 내가 본 하이틴 로맨스는 여러 사람 중 '단 한 사람'만을 찾아내어 운명적 사랑과 성장을 함께하는 이야기였다. 반면 이 두 사람에게는 별다른 선택지가 없었다. 그들은 무인도나 다름없는 우주에 고립되어 '단 한 사람'만 존재하는 상황에 떨어졌다. 이런 고립 상태에서라면 사랑하든 말든 간에 함께하는 상대방에게 의존하게 될 수밖에 없을 터였다. 그렇다면 위도와 경도가 우주에서 품은 마음은 사랑이라기보다, 그 순간의 외로움과 두려움을 잊기 위한 본능에 더욱 가깝지 않을까?

그렇다면 큰일이었다. 선택의 여지가 없어 함께하게 된 연인더러 줄리엣과 로미오 혹은 몽룡과 춘향, 그리고 칸토르카와 크라바트 같은 절박함 또는 신비주의를 주문할 수는 없었다. 내가 바라던 '하이틴 러브'는 그런 게 아니었다. 사실은 이쯤 되니 그것이 대체 무엇인지조차 헷갈렸다. 십대의 사랑에 깃든 순정, 절박함, 신비 따위가 만들어지려면 대체 무엇이 필요할까?

그리고 여기에서 가장 큰 문제가 등장했다.

대체 왜 이것을 써야 하나?

소설을 쓰다 보면 자주 이 질문에 맞닥뜨린다. 많은 경우 소설을 쓰는 일은 허탈함을 가져온다. 세상에 존재하지 않는 인물이며 세계, 사건 따위를 만들고 이를 문장으로 잇는다. 문장들은 대개 너무도 가냘프고 무력해 보인다. 글쓰기를 멈추고 잠시 그것들을 지켜보면 종래에는 이 연약한 글자들을 계속 생산할 필요가 있는가, 질문이 솟아오른다.

「위도와 경도」는 특히 더했다. 본래 이 이야기는 꽤 오래도록 내 외장하드에 담겨 있었다. 2019년인가 2020년에 처음 소설을 썼고, 몇 년 동안 내버려뒀다. 당시에도 내용의 골자는 같았다. 자신들만 공유하는 시간 속에서 늙어버린 연인 이야기를 쓰고 싶었고, 그 시간은 우주를 경유해 나타났다. 첫번째 초고(이후에도 여러 편의 초고를 썼다)는 위도와 경도가 지구에 도착하는 장면으로 시작했으며, 그들이 자력으로 연구소를 탈출한 뒤 도심의 모텔로 가는 여정을 다뤘다. 이번에 다시 글을 쓰며 초고를 새로 읽어보았다. 숨이 턱 막힐 만큼 엉망이었다. 굳이 내 존재를 뒤흔들 상흔을 찾아보겠답시고 십대의 첫사랑을 뒤적일 필요도 없었다. 이 소설을 비롯한 각종 졸작은 내 드라이브 속에 그대로, 생생한 상처로 남아 있었다.

이러한 상흔을 확인하자 질문은 한층 몸피를 불렸다. 왜 이걸 쓰는가? 어째서 구태여 흉터를 헤집고 파내어 또 다른 무엇으로 만들려고 하나? 이미 엉망으로 쓴 이야기를 또 한 번 꺼내어 새로 쓰려는 이유는 무언가? 모두 알겠지만 이런 질문에 마땅한 답은 애초 존재하지 않는다. 그러니 여기서도 내게 주어진 선택지는 두 가지였다. 질문 또는 질문을 만들어내는 원인을 버리고 새로운 길을 가거나, 제대로 말리지 못해 꿉꿉한 냄새를 풍기는 질문들을 배낭에 그대로 넣은 채 가던 길을 계속

가는 것. 이번에도 결국 후자를 택했다.

넓은 의미에서 보면 이러한 '다시 쓰기'야말로 '하이틴 러브'의 광기와 맞닿는 지점이 있다. 연인의 사랑은 (주로 초창기의) 몇 순간에는 반짝이는 기쁨과 행복을 가져오지만, 이후로는 각종 갈등과 싸움 그리고 지극한 괴로움도 불러들인다. 사실 십대의 사랑이든 오십대의 사랑이든 마찬가지다. 오래전 나의 몸으로부터 갈라져 나온 반쪽을 발견하고 끌어안는 순간이 결말이면 좋겠지만, 포옹 이후에도 삶은 계속된다. 이미 두 몸으로 갈라진 연인은 서로 쪼개진 시간 동안 만들어진 무수한 차이를 마주해야 한다. 내가 본 여러 연인 또한 마찬가지였다. 그들은 여행 중 미처 빨지 못한 속옷처럼 계속해서 생기는 질문을 지고 돌아다녔고, 그 과정에서 멈춰 서 서로의 얼굴을 물끄러미 들여다보곤 했다.

이즈음에서 이전의 질문, 즉 대체 왜 이걸 써야 하는지에 대한 이유를 말할 수 있다면 정말로 좋겠다. 이미 엉망으로 쓴 이야기를 왜 처음부터 다시 짚어가려는지 말할 수 있다면, 연인들이 무수한 실패 속에서도 서로를 붙드는 까닭도 답할 수 있을 텐데. 그러나 무수히 많은 연인이 서로를 향한 의문을 품은 채 살아가듯이, 나 또한 질문을 품고 써나가는 수밖에 없다.

물론 얄팍한 대답 정도는 할 수 있다. 왜 이 소설을 써야만 했나? 솔직히 말하면, 이번 경우에는, 마감이 있었기 때문이다. 사회에서 직업인으로 살면서 어떤 일을 끝내겠노라고 말했다면 끝을 내야 한다. 먹고살기 위해서는 약속을 이행할 필요가 있다. 소설에서든 다른 일에서든 마찬가지다.

다만 바로 이 지점, 즉 약속 이행이라는 측면에서 나는 위도와 경도의 특이점을 발견할 수 있었다. 그들은 열일곱인지 스물일곱인지도 확실치 않은 십대지만, 어쨌거나 계속 서로의 곁에 앉아 있다. 손을 만지거나 허벅지를 주무르기도 한다. 첫 번째 초고에서나 이번 소설에서나 마찬가지였다. 그들은 약속을 이행하기 위해 서로의 곁에 있는 대신, 서로의 곁에 있기 위해 약속들을 만든다. 결혼식 또한 이 같은 주먹구구식 약속에 포함된다. 이 과정은 내가 생각한 '하이틴 러브'의 낭만적 사랑과는 분명 달랐지만, 그렇다고 해서 그것이 사랑이 아니라고 말할 수는 없었다.

이번 소설을 쓰며 우주를 다룬 다큐멘터리나 유튜브 영상(주로 우주정거장에 거주하는 이들이 직접 찍은 영상이다)을 여러 차례 보았다. 우주라는 단어가 품은 낭만성과 달리, 그 안에 사는 사람들은 다들 자질구레한 일상을 견디고 있었다. '오로지 둘'만 존재하는 세계를 그린 창세 신화들도 마찬가지였다. 지구 바깥으로 떠나거나, 세계를 만들고 인류를 창조하더라도, 나아가 걷잡을 수 없는 사랑에 빠진다 해도 결국은 모두가 다시금 삶을 맞닥뜨린다. 십대 후반의 스파크와 에너지 역시 종래에는 삶 안으로 녹아든다.

하여 나도 계속해서 위도와 경도 이야기를 썼다. 왜 쓰느냐는 질문은 한도 없이 이어갈 수 있으며, 그 부질없음에 대해서도 계속 말할 수 있다(십대의 체력만 있다면). 사랑의 부질없음에 대해서 마찬가지다. 다만 이러나저러나…… 내가 흥미를 품는 것은 그러한 질문이나 부질없음이 아니다. 내가 지켜보고 싶은 것은 질문에 답하지 않더라도, 그 부질없음을 해결하지 못하더라도 그 일을 계속하는 맹목성이다.

내가 본 십대 연인들, 그리고 십대 이후에도 꾸준히 사랑에 빠지는 사람들은 그처럼 맹목적으로 행동해왔다. 자신에게 애초 어떤 선택의 여지가 있었는지도 따지지 않았다. 그들은 그저 서로를 보고, 그것에 대해 말하고, 여행하고, 같이 살고, 밥 먹거나 나란히 누워 자고, 남들에게 이야기한다.

우리 사랑에 빠졌어. 그런 말을 들을 때마다 나는 늘 그 시작에 대해 질문하곤 했다. 그것이야말로 묻지 않고선 배길 수 없었다.

위도와 경도

초판 1쇄 발행 2025년 2월 20일

지은이 함윤이

펴낸이 안병현 김상훈
본부장 이승은　총괄 박동옥　편집장 박윤희
책임편집 정수향
마케팅 신대섭 배태욱 김수연 김하은　제작 조화연

펴낸곳 주식회사 교보문고
등록 제406-2008-000090호(2008년 12월 5일)
주소 경기도 파주시 문발로 249
전화 대표전화 1544-1900　주문 02)3156-3665　팩스 0502)987-5725

ISBN 979-11-7061-227-8 (04810)
　　　 979-11-7061-151-6 (세트)
책값은 표지에 있습니다.